間違った妹、正しいタッチ

間違った妹、正しいタッチ

インプリント

本のタイトル: 間違った妹、正しいタッチ
著者: ハンナ・パクストン

著者: ハンナ・パクストン
接触: jeetfacts1@gmail.com

間違った妹・正しいタッチ

によって書かれた
ハンナ・パクストン

インド

2024年

コンテンツ

第1章

ディオナ・ブラウンさんは小さなソファに座りながら、指の間に挟んだ手紙を読んだ。彼女は額に手をこすり、その言葉を読みながら信じられないという表情で見つめた。

親愛なるディオナ

アレクシスと私は愛し合っています。彼は私に結婚を申し込んだので、私は彼に会うためにギリシャに行きました。私たちはできるだけ早く結婚する予定です。

戻りましたらご連絡させていただきます。

すべての私の愛

ダリル

数秒間読んだり読み返したりした後、ついに彼女はそれをテーブルに叩きつけ、小声で悪態をついて電話を取った。彼女はギリシャ行きの次のフライトをできるだけ早く予約しました。彼女の指は電話をしっかりと握り、飛行機に乗るということを考えただけでもパニックを起こしてしまうのを感じました。ディオナはダリルが最近のボーイフレンドであるアレクシス・ドラニアスについて教えてくれた詳細を思い出し、険しい表情で妹のことを思い出した。わずか3年しか離れていないにもかかわらず、彼らにはこれ以上の違いはありませんでした。ダリルは楽しいことが大好きで、いつも友達やボーイフレンドに囲まれていました。彼女は高級ファッション店で働き、週末にはパーティーをしていたので、妹は自分の将来について心配するようになりました。ディオナはもっと真剣だった。彼女は少人数の友人グループを選び、看護師として長時間勤務することを好みました。ディオナは母親が亡くなった後、妹の世話をするという多くの責任を引き受けました。ダリルはまだ9歳、ディオナはまだ12歳でした。彼女の父親は、最愛の妻の喪失に対処できず、4年前に亡くなるまで自分の中に閉じこもっていました。ディオナさんの目は、父親のこと、そして父が亡くなる前に父と父の間に架けられた多くの橋を修復することができなかったという事実を思い、涙でいっぱいになりました。もっと粘り強く理解しようとしてほしかったと彼女は思った。

当時彼女が多忙を極めていたことを承知し、妹の世話をし、頭上に屋根があることを確認した。

彼女は少しため息をつき、休暇をどれほど楽しみにしていたかを考えました。ベッドに横たわり、読みたい本をすべて読んで一日を過ごすことができると望んでいた一週間の代わりに、今、彼女は妹を救うためにギリシャまで旅しなければならないことに気づきました。彼女はまた、妹に連絡する唯一の方法がギリシャまで行くことであると悟り、恐怖に震えました。

彼女は母親が所有していた古い書斎机を探し、妹のアドレス帳を見つけました。彼女はアレクシス・ドラニアスの住所と電話番号を見つけるまで、怒った指で小さな本の名前と住所をめくりました。彼女は勝ち誇ったような声を上げながら詳細を書き留め、すぐに部屋に戻って服をバッグに入れました。彼女は1時間後、疲れたため息をつきながらグラスゴー中心部にあるアパートを出た。

彼女は「空港」と叫び、ようやく座り直して疲れた目を閉じた。ディオナは素敵な女の子でした。身長はわずか 5'3" でしたが、ディオナ ブラウンは、どこへ行っても男性を振り向かせるような体型をしていました。彼女の丸くて小柄な顔は、彼女に無邪気な印象を与える大きな青い目で縁取られていました。彼女の柔らかい赤い唇は、彼女の美しさを完全に変えることができました。彼女が微笑んだとき、それは人々に愛される驚くべき輝きを与えた。ダリルは普段はとてもオープンな人で、秘密を抱えたり、感情を隠したりすることができないのに、どうして妹がこれを隠したのだろうと不思議に思いました。

彼女は髪を後ろに引っ張り、肩のあたりに垂らした。それから彼女はそれをきちんとしたポニーテールにまとめて固定しました。彼女は、飛行機の時間が来たかどうかを確認するために、時計を見つめながら、厳格かつ厳粛な姿勢で座っていました。

彼女は妹の興奮を思い出した。彼女は海外の友人たちと初めての休暇に行く予定で、空港で手を振りながら見送ってくれた。ダリルは社交的で楽しいことが大好きです。彼女も信じられないほど美しいです。彼女の姉は、彼女が未熟であることと、1週間の休暇を最大限に活用しようとする彼女の決意を心配していました。彼女はギリシャとアレクシス・ドラニアスを離れることに心を痛めていた。彼らはずっと一緒に過ごしていました。彼らが毎晩電話で話し始めると、彼女はイライラし始めた。アレクシスがダリルに電話したので、彼女はただ黙っていた。彼女は、しばらくすれば、二人はお互いに飽きて、物事は通常に戻るだろうと思っていました。しかし、それはすべて、その朝の帰宅途中に彼女が衝撃的なニュースを受け取る前のことでした。

飛行機が離陸するとき、ディオナさんは肘掛けを握りしめた。彼女の全身は恐怖で固まっていた。彼女は飛行機に戻りたくなかった。彼女は妹を罵りながら、背中に汗が流れるのを感じた。彼女は飛行中何度も眠ったり眠ったりしたが、太陽の休日を楽しみたがる子供たちとその家族の叫び声と興奮で常に目が覚めた。ようやく着陸したとき、ディオナは安堵した。ディオナさんは税関を通過し、携帯電話がほとんど空になっているのを確認した後、妹に電話した。彼女は首を振って、アダプターを持ってきていないことに気づきました。彼女の妹が使えるものを持っていればいいのにと思いました。彼女は「もちろん持っているだろう」と苦笑いしながら内心思った。それはダリルが気にかけていた数少ないことの一つだった。

妹が答えると、ディオナは会うよう要求した。ダリルはディオナがギリシャにいると知って驚いた。彼女はすぐに、滞在している町の名前と場所、ホテルの詳細とその場所への道順を教えてくれました。彼女はその日のうちに地元のレストランで会うことに同意し、ディオナにアレクシスの存在を伝えた。彼女は二人と話すことができて嬉しかったです。

彼女はその日、妹を家に連れて帰る決心をしていました。

彼女は空港ですぐに両替した。それから彼女は妹の指示に従い、刻々と重くなるバッグを引きずりながらバスでホテルに向かった。受付係は彼女に、ダリルはホテルに滞在していないと言った。彼女は少し顔をしかめた。彼女はスーツケースを持って部屋に行き、暖かいジーンズからストラップトップの付いたショートパンツに履き替えました。これはギリシャの暑い日差しを大いに和らげてくれました。彼女がホテルを出るとき、ギリシャ人男性たちは彼女の平らなお腹、張りのある胸、細いウエストを称賛した。彼らはまた、広いヒップと完璧なお尻を備えた彼女の見栄えの良い体型を賞賛しました。彼女は仕事中いつもそうしていたように、男性たちの申し出を無視した。彼らは彼女をナース服を着た完璧なエロティックなデートだと見なしました。ディオナさんは自分が注目されることに不快感を覚え、不快感を隠すためにサングラスを購入しました。

ダリルがテーブルで男性グループと笑い合っているのを見て、彼女は安心した。ダリルは温かく微笑みながら、妹が座っているテーブルに近づきました。妹は驚きの表情で「ここに飛んできたなんて想像もできない…ここに来たの？」と尋ねた。し

かし、ディオナは首を振って彼女を鋭い目で見た。ダリルはどうすると思いました
か？あなたは恋をしていて結婚しようとしているというメッセージだけを残しました。

ダリルの顔は喜びで輝き、「素晴らしいですね？」と叫びました。ディオナは席に急
いで行き、「彼は私を愛していますディオナ...私は彼を愛しています。」と言いまし
た。彼女は「気が狂ってるの？」と声を荒げた。彼女の顔には明らかな不満が表れ
ていた。彼女は妹の不条理な行動と、彼女を満たしていた疲労にイライラしていま
した。「ダリル、荷物を持ってきてください。私たちは次の飛行機で帰国します。」

彼女は辛抱強く自分に微笑みかけている妹を睨み返した。 「ディオナ、聞いてなか
ったの？ 「私たちは愛し合っているんです。」 わずかにイライラした音を立て
て、ディオナは起き上がり、声を和らげ、妹に対処する最善の方法を知っていまし
た。ダリルの声が聞こえました...なぜですかそんなに急いでるの？...？ 恋してるな
らちゃんと知りたくて家に帰って...どうして逃げるの？」

彼女は美しい妹の不安に満ちた表情を初めて見た。彼女は茶色い液体の目で突
然真剣な表情で言った。「そうですね...問題があるんです」ディオナは「それで、
それは何ですか？」と尋ねました。ダリルは銅色の髪を後ろに引っ張りながら眉を
ひそめた。ディオナは少しイライラした表情で目の前の女性に視線を向けた。彼
女は恐怖に満ちた表情で妹を見た。彼女は低い声で、皿のように大きな目をして
尋ねました。「妊娠していますか?」ダリルはショックを受けて彼女を見つめ、「違
う！」と怒って叫びました。なぜ人々は私が妊娠していると思うのですか、ディオ
ナ？ 「私たちは愛し合っている...私たちはまだ...あなたも知っているでしょう」ディ
オナは眉と目を空に上げました。彼女はイライラしていましたが、安心していまし
た。なぜ急ぐのでしょうか？ダリル、お願いだから家に帰ってね。彼がただイギリス
のパスポートを取得するためにあなたと結婚したのではないことをどうしてわかりま
すか?彼があなたを自分をサポートしてくれる金のガチョウとして見ていないことを
どうしてわかりますか？

ダリルは彼女に笑った。ディオナがせっかちにそれを振ると、彼女は信じられない
様子で尋ねた、「ニキアス・ドラニアスとアレクシス・ドラニアス？彼らのことを聞いた
ことがないの？」ディオナさんは厳しい表情でこう言った、「彼らは金持ちのディオ
ナさん...そして世界最大のクルーズ船を何隻も所有している...彼は私をサポート
してくれるでしょう。」ダリルさんは、「だからこそ、注意が必要だ。なぜなら、彼らの
ような選手は、異なるルールに従ってプレーすれば、怪我をすることになるから
だ」と語った。

「あなたは間違っています、ディオナ...アレクシスに会えば分かるでしょう」イライラした表情で彼女は尋ねた、「それで、いつになったらダリルになるの？...逃げてもいいと思っているこの男に会いたいの」あなたと一緒に、家族のことを気にせずに結婚してください。」あなたは間違っています、ディオナ...アレクシスに会えばわかります。」 怒りの表情で彼女は尋ねた、「それで、いつダリルが来るのですか？...逃げても大丈夫だと思っているこの男に会いたいと思っています」あなたと離れて、家族のことを気にせずに結婚してください。彼はここにいるって言ったよね。

電話が鳴り始めたので、ダリルは笑った。彼女は発信者のIDを見て微笑みながら立ち上がった。ディオナは妹と休みが取れて嬉しそうに微笑んだ。彼女は自分の常識に耳を傾けないことに腹を立て、発信者と話すために視界から消えてしまい、アレクシスだと思い込んでいた。ダリルが理性を聞くことができないことに気づき、彼女は静かにため息をついた。彼女は、他人が何を言おうと、何をしようと、常に自分の心に従うことを選びました。ディオナはまた自分を責めた。彼女は、成長するにつれてディオナを難しい決断から遠ざけ、ディオナを守りすぎたと考えていた。ダリルが妊娠していること、そしてアレクシスと一度も一緒に寝たことがないことを告げたときに感じた当惑を思い出し、彼女は微笑んだ。彼女は、妹を育てるのにひどい仕事をしていないことに気づき、疲れた体に温かい感触が満たされるのを感じました。ディオナは振り返って、これまで見た中で最もハンサムな男性を見て息をのんだ。彼の目は軽蔑に満ちており、彼女はその表情の冷たさに驚いた。彼女は彼の視線を押さえ、彼が話すまで瞬きしなかった。彼は「ブラウンさん？」と尋ねた。完璧な英語ですが、官能的なアクセントがあります。

彼の声に背筋が寒くなると、ディオナはその男を見つめた。彼女は彼が自分の名前を知っていたことに驚いた。彼は「ブラウンさんですか？」と繰り返した。彼のハンサムな顔に眉をひそめた。彼女は最終的に「はい、お手伝いします」と言いました。その男は招待状もなしにダリルの席に着いた。ディオナは、その見知らぬ人の傲慢で前向きな態度にイライラしていました。

彼は彼女の安堵感に笑いながら話し始めた。彼女は「アレクシスの弟」「会えてうれしい」と言いました。しかし、男は黒い瞳で彼女を見つめ続けた。

彼の声は怒っていましたが、抑えられていました。これは社交的な目的での呼びかけではありません、ブラウンさん...今すぐお兄さんと会うのをやめていただきたいです。

ディオナは驚いて彼を見つめた。彼女は「いいえ、ごめんなさい、でもあなたは間違いを犯しました」と言い始めたが、彼は手を上げてそれを冷たく握りしめ、ディオナの顔をイライラさせて止めた。彼は低く危険な口調で「いくらですか、ブラウンさん？」と尋ねました。彼女は驚いて、青い目で彼の黒い瞳を訝しげに見つめながら尋ねた。「彼とは二度と会わず、去ること」

ディオナは、驚くほどハンサムな外見にもかかわらず、彼女を軽蔑的に扱ったその男に腹を立てました。彼の傲慢さは、まるで彼女が隣に座らなければならない不愉快な存在であるかのように、絶えず目をちらつかせることから明らかでした。

彼女は「あなたは一体誰ですか？」と尋ねました。彼の目に冷たい輝きを見たとき。彼は、「私はアレクシス、ミス・ブラウンです。金を掘る人が彼に爪を立てないようにします。」と答えました。彼女が息を呑むと、彼は彼女を見渡し、自分自身にもかかわらず彼女を賞賛した。彼女は物静かで穏やかな雰囲気を持った美しかった。彼が慣れていた、大声で生意気な女性とは違いました。「ブラウンさん、金持ちと結婚すると思ったら大間違いです…兄は私のために働いています…会社は私だけのものです」「ドラニアスさん…」彼は口を挟んで、彼女の眉をひそめた。イライラの中で。　「ミス・ブラウン、私はあなたが去るのに喜んでお金を払います…しかし、もし彼があなたのような愚かで小さな策略家と結婚するなら、私は弟に一銭も与えません…だから、そうするのが最善でしょう…私のお金を持って行きましょう」

ディオナの青い目は傲慢に彼の方向に光り、男を睨み返した。ニキアスは目の前の女性を振り返った。彼は奇妙な状況に陥っていることに気づきました。

初めてダイニングルームに入ったとき、彼は軽蔑以上の態度をとっていました。

ポニーテールにきちんとまとめた長いブロンドの髪を通して、彼女の美しい顔がはっきりと見えました。怒りを反映して少し赤くなった顔は晴れやかに見えた。大きくて青い目がとても美しく、素晴らしい背景でした。彼は彼らを見つめるのをやめられなかった。彼はいつもより少しハスキーな声で話した。「もしあなたが幸せになりたいなら、ブラウンさん、次の飛行機で家までお送りします。そうでない場合は、さらなる行動をとらざるを得ません。」

ディオナは冷たく彼を見つめた。彼女は「ドラニアスさん、脅迫されていると感じさせないでください」と言い、困惑した表情を見て「私は人を脅すようないじめっ子は好きではない」と言い続けた。ニキアスは立ち上がると彼女の前に手紙を落とした。できる限りのものを取って、立ち去ってください。

ディオナさんは、彼がテーブルを離れるときに感じた怒りに震えていた。彼が立ち去るとき、ダリルは目を大きく見開いて恐怖を感じた。彼女は恐怖に満ちた声で尋ねた、「それはニキアスでしたか？」

「アレクシスから電話があり、彼の兄が私たちのことを知ったと連絡がありました。彼は私を捜すだろうと警告しました...」彼女は妹の怒りを見ながら緊張しながらくすくす笑った。彼女はさらに、「わあ、彼はなんてハンサムな人なんだろう！」と付け加えた。ディオナを見つめる彼女の目は少し警戒していた。ディオナは厳しい目で彼女を睨み返した。彼女は歯を食いしばって言った、「そうですダリル、私をあなただと思ったのはニキアスでした。彼は何と傲慢な男でしょう...　ダリルは疑問に満ちた目で彼女を見つめました。彼女はささやきました、「彼はあなたに何と言ったのですか？」「そうね、あなたは正しいわ...彼はあなたの結婚式に完全に反対してるわ...そして私は彼を責めているとは言えないわ」と付け加えてから、固く決然とした声でダリルに向き直った。「これは終わらせなければならない。　.. ダリル、荷物を持ってきて、私たちは去ります」「いいえ」と妹は苦痛に満ちた目できっぱりと言いました。。

ディオナは妹のまぶたに涙が浮かんでいることに気づきました。これは新しい経験でした。彼女は通常、妹に理性を理解してもらうよう説得することができたが、ダリルの目に宿る決意は、それは思ったよりも難しいことだと警告した。しかし、彼女は、たとえそれがニキアスのことを思い出したという理由だけであっても、この結婚が不適切であることを妹に説得しなければならないことを知っていました。

もし彼らが計画を進めれば、彼らは敵を作ることになるだろう。

ディオナはため息をつきながら封筒を開け、中を覗いた。彼女はその中から翌日のビジネスクラスの航空券と2万ポンドの小切手を見つけた。彼女はそれを妹に手渡し、ダリルが息を呑むのを見てからそれを引き裂いた。ディオナは妹の熱のこもった表情を見つめながら、少しの間立ち止まった。　「わかった、ダリル...でも私はあなたのパートナーに会いたい...そして二人と話したい...わかった？」

「ありがとう、ディオナ」彼女は安堵の声を上げた、「今夜必ず連絡します、約束します」小さく顔をしかめてディオナはダリルを見た。彼女は安心して叫びました。「ありがとう、ディオナ。今夜連絡します。」顔にわずかに眉をひそめながら、ディオナはダリルを見上げた...「私が予約したホテルに滞在していると言ったけど、彼らにはあなたの記録がありません。」彼女は混乱して尋ねた。　「ダリルはどこに居るの？」

ダリルは静かにため息をつき、「アレクシスは兄が私を見つけられないように、別の名前で私の部屋を予約したんです」と答えた。彼女は残念そうにドアを見つめながら、「でも、それは彼を妨げませんでした。」と付け加えた。それから彼女は立ち上がって、愛を込めて妹を抱きしめました。彼女が話すときの彼女の声は切なかった。　「ディオナに会うでしょう…彼は素晴らしい人です。あなたも私と同じように彼を愛するでしょう」と彼女は言った。ダリルが立ち去ると、ディオナは深いため息をついた。彼女はアレクシスと話し、計画を遅らせるべきだと二人を説得した。彼女は、もし彼らが自分たちの幸せを真剣に考えているなら、家族を巻き込むべきだと彼らに言いました。彼女はニキアスを思い出しながらお茶を注文して飲みました。

彼女はこれほどハンサムな男性を見たことがなかった。彼の身長は6フィートを超え、広い肩、長く引き締まった体、広い肩を強調するスーツを着ていました。彼女は彼がこれまでに見せた中で最も深く暗い瞳に釘付けになった。彼女は彼の生々しい性を忘れられず震えていた。

ディオナは優しく微笑んだ。アレクシスが兄に似ていれば、彼女は妹の執着を理解できるだろう。彼女は妹のことを望んでいたが、目には不安そうな表情を浮かべながら、彼が妹を助けてくれることを願っていた。

彼女はもう傲慢ではありませんでした。彼の言葉に反応して彼女の目は怒りで光り、彼女をより劣った存在、兄弟と一緒にいるのにふさわしくない人のように扱った。ディオナは、ニキアスのような、すべてを自分の思い通りにしたい傲慢で我慢できない男に対処する方法を知っていました。アレクシスとダリルが大変な思いをすることになると知ったとき、彼女は顔をしかめた。アレクシスとダリルは、ニキアス・ドラニアスが手ごわい相手であることを直感的に知っていたので、粘り強くやるほどお互いを気にかけているのだろうか、と彼女は疑問に思った。

ディオナさんはレストランを出た後、ホテルに戻った。彼女はニキアスが「クルーズ・タイクーンがすべてを語る」という見出しで特集された雑誌を購入した。彼女はホテルの部屋のベッドに座りながら、この 32 歳の大物実業家がギリシャの街頭から数十億人の地位にまで上り詰めた物語を読んだ。彼は自宅でインタビューを受け、写真には窓から海を眺めている姿が写っていた。外の景色は、ごつごつとした崖が海の青さに溶け込んでいて、ワイルドで素晴らしいものでした。彼女は島にいて、彼は幹線道路を見下ろす小さなアパートに住んでいて、彼らの生活がどれほど異なっているかについて考えました。彼はカメラに背を向けて彼女を見つめ、深く考え込んでいた。ディオナは彼の麝香の匂いを思い出して身震いした。

さらに読み進めていくと、さらに彼の写真を何枚か見つけました。それらはすべて、彼が彼女が認識する女性たちと一緒にいるところを示しており、彼女は彼が偽善者だと思った。彼は明らかに、女性も含めて人生のすべての良いことを楽しんでいた。彼はプレイボーイだったのに、どうして彼女の妹をそこまで軽蔑することができたのでしょうか？彼女はため息をつき、これが妹への片思いにすぎないことを祈りました。彼女はアレクシスが提案するライフスタイルに頭を悩ませていた。そして、彼女は彼が自分にとってどれほど間違っているかにすぐに気づくだろうと。ディオナさんは、アレクシスの弟が自分と話したときに見せた軽蔑を思い出し、彼と接するのを楽しみではなかった。

彼女はシャワーを浴びるためにホテルの小さな洗面所に滑り込んだ。部屋はまだ暖かく、暑さでベタベタした感じがした。ディオナさんはシャワーに座って、細い体にシャワーが流れるのを楽しんだ。

彼女は心をすっきりさせるために、ベッドに行って寝たいと熱望していました。ゴツゴツしたマットレスと座り心地の悪い二人掛けの椅子が置かれたスタンダードルームに戻ったとき、ドアの下に置かれた封筒に気づきました。

彼女は微笑みながらそれを持ち上げ、中に書かれたメモを読みました。「島に泊まりに来てください」。誰にとってもその方が簡単でしょう。お荷物をお持ちください。5:00までに車がホテルまでお迎えに上がります。ご自宅にお迎えできるのを楽しみにしています。

彼女はそっとため息をつき、それから足の周りで揺れるベイビーブルーのシルキーなホルターネックのサマードレスを着て、ディオナも気づいていない方法で彼女の美しい姿を明らかにした。それから彼女は車を待っている間にスーツケースに荷物を詰め直しました。彼女はもう一度ため息をつきながら時計を見ると、それは4時30分を指していました。睡眠は延期しなければならないだろう。大型リムジンの運転手が玄関で彼女を待っていた。彼はドアを開けて彼女を車に乗せるのを手伝った。

30分ほど車を走らせると、豪華ヨットが待つ小さな波止場に到着した。笑顔で礼儀正しい船長は、絵のように美しいギリシャの港から、ほとんど見えない小さな島に移動する前に、彼女の荷物をボートに積み込むのを手伝ってくれました。彼女は、それが大きくなり、近づくにつれ、その美しさに驚かずにはいられませんでした。彼女は、青々とした緑の植物と、水と対照をなす金色の砂に驚きました。ディオナはドラニア家がどれほど裕福だったかを考えながら、そっと眉をひそめた。彼女は自分が目にした富のレベルに不快感を覚えた。ダリルは多くの意味で無実だった。彼女は必要以上に人々を信頼していました。彼女は、アレクシスが21歳の妹を傷つけたくなかったので、彼女のことをどれだけ真剣に受け止めるかに興味があった。ダリルが自分の富からどれほど離れているかを知っていたので、彼女は彼に本当にそんなことができるのかと疑問に思いました。桟橋に近づくと船長が彼女のバッグを再び持ち上げ、彼女を木製の桟橋に乗せるのを手伝った。船長は彼女を待っていた車まで彼女を連れて行った。それから彼女は最上階のモダンな建物に連れて行かれました。建物の裏側は、まるでそこがずっと自分のものだったかのように、崖の上に建てられているようでした。

そこには、岩壁がシームレスに溶け込んでいた。ディオナはその美しさとワイルドさに完全に畏怖の念を抱きました。彼女は外を眺める窓の多さに驚いた。まるで下の海に広がるキャンバスのようでした。彼らが前に戻るために曲がり角を曲がるとき、彼女は家の柔らかい側面を見ることができました。建物は大きく、完璧に手入れされた入り口の隣に柱があり、壮麗に見えました。ディオナは、ダリルとシェアしていた2ベッドルームのアパートを思い出しながら、また場違いな気分になり、静かにうめき声を上げた。

運転手は彼女が車から降りるのを手伝い、礼儀正しく微笑んで車で走り去った。ディオナはドアベルを鳴らすために残されました。年配の女性が素早く開けてくれました。彼女は微笑み、ディオナを礼儀正しく見てから走り去った。

ディオナは微笑み返し、美しいエリアに移動しました。ハイヒールで歩くと振動する大理石の床から、頭上に吊るされたシャンデリアに至るまで、玄関ホールは豪華だった。彼女は二階に続く華麗な階段を見て、驚きのため息をついた。彼女の目は大きく見開かれていました。

家政婦は彼女に微笑みかけ、玄関にたくさんある木製のドアのうちの１つに彼女を案内した。彼女はドラニアスの名前を繰り返し、そうしながらうなずいた。ディオナさんは温かい笑顔を返し、その女性が英語を話せないことにすぐに気づきました。彼女はドアに移動し、軽くノックしてから中に入りました。

広い部屋に入ると、彼女はショックにあえぎました。ニキアスさんはその日着ていたスーツをまだ着ていたが、ジャケットは広い部屋を覆う革製のシートの上に投げ飛ばされていた。パンツの中に手を突っ込まれ、上のボタンも外され、官能的な姿を見せていた。彼女はお腹に鋭い衝撃を感じましたが、その理由がわかりませんでした。彼女は驚いた表情で言った。「ドラニアスさん…私は…あなたがここにいるとは思いませんでした。」彼は振り返って彼女と向き合った。彼はその女性に顔を向けたが、その女性は今やすっかり服を着ていた。

彼女がゴージャスな青い目で混乱して彼を見つめ返したので、彼は彼女の美しい姿を賞賛することができました。彼は無表情のまま、自分が見たものを賞賛した。

彼は口元にわずかな笑みを浮かべて尋ねた、「さて、なぜアレクシスがここにいたと思うのですか、ブラウンさん？」ディオナは顔をしかめた。彼女は沈みがちな気持ちで「彼らから手紙を受け取りました」と言い、バッグを床に落としたニキアスの顔に笑みが広がるのをディオナは見た。彼女の顔は怒りっぽくなった。彼女は低い声で言いました、「その手紙はアレクシスからのものではありませんね？」彼女が前に男を睨みつけたように。

ニキアスは彼女に向かって歩いた。　「よくわかりました、ミス・ブラウン」と彼は言った。「家を出てすぐに兄から電話がありました。」

彼はあなたが小切手を破ったと私に言いました、そして彼はそれについてたくさん言いました、そして私があなたを退屈させないようにいくつかのことを言いました…それは良い行動ではありませんでした、ミス・ブラウン。」

彼女は唇を噛み、目は怒りで燃え上がった。ディオナは困惑した表情で彼を見つめた。「私があなたの手を強制したからです…あなたが私の兄にその貪欲なフックを掛けることを許す可能性はないと警告しました…だから私の島へようこそ」ディオナは答えました。彼女は口ごもりながら「えっ、何言ってるの？」と言いました。

ニキアスは彼女に近づき、わずか数フィートしか離れていなかった。彼女は、彼が勝ち誇ったような表情で彼女を見下ろしているとき、彼の暗い瞳が見えました。つまり、ブラウンさん、あなたは英国に戻るまでここに滞在することになります。そうしたら、私はあなたを直接飛行機に乗せて私たちの人生から追い出します。「私の弟は集中力が持続する時間が短い子です。あなたが家を出たら、彼はきっと別の小さな遊び相手を見つけて楽しませてくれるでしょう。」

ディオナは驚きと信じられない気持ちで彼を見つめた。彼女は「無理だよ！」と叫びました。彼は笑い返して眉を上げた。彼は彼女の顔の混乱を楽しみながら、柔らかい声で答えた。　「誘拐を禁止する法律があります、ドラニアスさん…あなたのような人であっても。」彼は彼女に微笑んだ。「なぜ連れ去られたと思うのか分かりませんが…いつでも出ていけますよ」

ディオナは彼を疑いの目で見た。「もう辞めたいと思っています」と決意を語った。彼女はバッグを持ち上げて、立ち去ろうとしました。彼は穏やかに話したが、彼女の後ろには勝利のような口調があった。彼女は何が起こっているのかを悟り、恐怖の表情で彼の顔を見つめながら彼のほうに振り返った。

彼女は揺れる頭でゆっくりと尋ねた、「船は戻ってこないんですよね？」彼女は彼の笑い声に目を細めた。「いいえ、もう一週間は帰らないように言いました。」彼は皮肉めいた口調でこう言った。「それはイギリスに戻るべき時期ではないのか？」

ディオナは部屋中を見回し、電話を見つけました。彼女はそこに移動して助けを求めた。彼女は受話器を上げましたが、何も聞こえませんでした。ダイヤルトーンさえありません。ニキアスはテーブルに歩み寄り、ウイスキーを注ぎました。彼はそれに氷を加えて口に運びました。一方、ディオナさんはパニックが高まっているのを感じました。彼女は体を硬直させながら、別の出口を探して部屋を見回した。

「この一週間、建物内のすべての電話の電源が切られていました。」「使える唯一の電話は私のものです…私の部屋にあるのでアクセスできないと思います…あなたが訪れる部屋ではありません」と彼は彼女を見下ろしながら言った。彼のハンサムな顔に嫌悪感を隠そうともせずに。

ディオナさんは顔を横切ったパニックの表情を見つめながら目を閉じ、携帯電話をクレードルに戻しました。彼は彼女の体が落ち着こうとするのを見守った。再び目を開けると、彼女は厳しい決意とほのかな怒りで満たされていました。ディオナの突然の変化に彼は驚いた。

ニキアスはニヤリと笑った。　「この考えはとても慰めになります、ドラニアスさん」彼女は彼の名前を軽蔑しながら嘲笑しながら言った。「しかし、私が証拠を持っているという事実には変わりません…手紙」再びニキアス。正確には何と言っているのでしょうか？あなたはとてもよくここに招待されたと思います。それは完全にあなたの決断でした。車やボートに乗るときと同じように。

ディオナは完全に信じられないという表情で彼を見つめた。彼女はかろうじて聞こ
える声で「あなたが私を仕組んだのよ」と言った。彼は彼女に「はい、赤ワインを
買ってきてもらえますか、ミス・ブラウン？」と尋ねました。そして彼女にグラスを注
いだ。

テーブルの上で彼の隣に立っていたディオナは、彼がそこに置いたグラスを無視
し、叫びたいという誘惑に抵抗した。彼女は立ち止まり、腰に手を置き、顔を上げ
て上を向きました。そして、彼女は優しい笑顔で手をたたきました。

彼女は「ブラボー、ドラニアスさん」と言い、目を下げて彼に目を合わせ、彼を眉を
ひそめた。彼女は微笑んで、「完璧に実行され、計画されました」、「一つの小さな
ことを除いて...あなたは間違った妹を持っています」と言いました。

彼は混乱して彼女を見つめた。彼は「どうしたの？」と尋ねた。彼女が今言ったこと
を理解しようとしたとき、彼は混乱して眉間にしわを寄せた。彼女はあざけるような
笑みを浮かべて言った、「私の名前はディオナ・ブラウンです...ダリル・ブラウンで
はありません」。「妹を間違えた」。

しかし、ディオナの勝利の表情は長くは続かず、笑い始めた。　「ディオナ、あなた
のオリジナリティに点数をあげなければなりません。Ｄブラウン、私が知っていたの
はそれだけです。それと、彼が今日どこであなたと会う予定だったかです。」　それ
は興味深い話です。しかし、あなたは今日の午後、あなたが私の兄の愛人である
ことを否定しなかったときのことを覚えていないと思います」と彼は冷たい目をして
言いました。私が何者であるかを説明する前に、私を貶め、脅迫したのです」ニキ
アスは革製のソファの一つに座り、長い脚を反対側に交差させながら、畏敬の念
を持って彼女を見つめながら、うっとうしい自信満々の笑みを浮かべた。

彼女は冷たい視線で彼を見つめ、怒りで目を細めた。　「それに、私の兄はあなた
の妹の愛人ではありません...彼女は二人は愛し合っており、結婚するつもりだと
言っています。」彼は彼女を平等に見た。　「これで一周回って戻りました、ミス・ブ
ラウン...あなたが私の弟と結婚するなんて、絶対にあり得ないって前に言いました
ね。」彼女は椅子に座ってワインを飲みました。

彼の隣のソファ。彼女はできるだけ辛抱強く、そしてきっぱりとこう言いました。「私
は結婚を止めるためにここに来ました」。今ではあなたのおかげで、二人には理性
を話し合う人がいなくなりました。

彼女は両手を握り締めて、彼が自分を黙って見守るのを眺め、自分の言うことを何も信じなかった。彼は落ち着いていて穏やかで、その目は穏やかな好奇心を持って彼女を見つめていました。彼女は心の中で感情が激しく揺れ動いているのを感じた。彼女は疲労のために体が空っぽになっており、状況が非現実的なものになっていました。

彼女は彼を睨みつけ、「あなたは私が今まで会った中で最も傲慢で、最も耐え難い人です」と彼が彼女を笑いながら言いました。彼は彼女に笑いながら、「それは補足として受け入れます」と言いました。手の中の氷がカチャカチャと音を立てながら、金色の液体を二口飲みながら、彼は嘲笑を続けた。

ディオナさんは怒って彼女を椅子に押し戻し、頭がドキドキし始めたので額に手を当てた。これは非常識だ。ディオナ・ブラウンは私の名前です。「私は英国の看護師で、妹が人生最大の間違いを犯さないようにするためにここに来ました。」嘲笑の表情を浮かべた男を見て、彼女は降参した。彼女はまたため息をつきながら、「そして、あなたは私の言うことを一言も信じていないのですね」と付け加え、体が重くて疲れていると感じた。彼は微笑んで首を振った。「最後に、私たち二人が同意できる点があります、ミス・ブラウン」

彼女はグラスを持ち上げながら彼を見た。彼女は尋ねた、「それではドラニアスさん、これはどうやって起こるのですか？」諦めとともに。彼はわずかな笑みを浮かべて彼女を見た。私は文明的な人間です、ミス・ブラウンです。島にある多くの資源を最大限に活用していただきたいと願っています。素晴らしい休暇をお過ごしになることを願っています...しかし、おそらくあなたが期待していたほど充実した休暇ではないかもしれません。

彼は嬉しそうに小さく笑いながら立ち上がった。「ディオナと一緒に来てください。滞在中あなたのものになる部屋をご案内します。」彼は手を伸ばして彼女のバッグを手に取り、何事もなかったかのように持ち上げました。これはディオナの以前の闘争を嘲笑するものでした。彼女は彼を見つめた後、ようやく静かなため息をついて立ち上がった。

彼が言うことを聞かず、彼女が疲れていることを知っていたので、彼女は「看守を連れて」と言いました。彼女は彼の唇にわずかな笑いが浮かんでいるのに気づき、静かに話した。それから彼は彼女を大理石の階段に導き、階段に沿って素早く移動し、大きな開口部に彼女を導きました。彼の後を追っていたディオナさん

は、部屋を見て息を呑んだ。それは白とクリーム色で装飾されており、エレガント
で、彼女は感嘆の目で見つめた。

彼はあざけるような口調で「そこに住むのがあまり難しくないといいのですが」と
言った。しかし、ディオナは部屋の反対側のドアに移動しました。彼女は最初の部
屋で広々としたウォークインクローゼットを見つけ、二番目の部屋で彼女が必要と
するすべての設備を備えた豪華なバスルームを見つけました。彼女は彼をにやに
や笑いながら嘲笑するような声調を隠そうともしなかった。彼女の目は軽蔑的で、
彼を笑いました。彼は邪悪な笑みを浮かべて答えた、「いいえ、ブラウンさん。ここ
に滞在する女性たちは私の部屋に滞在します。」ディオナは彼の美貌、そして単
なる存在感が彼女に与えている影響を隠そうとしながら、彼をちらっと見た。彼女
は疲れを感じていたが、それを表に出さないように努めた。

彼女は疲れたため息をつきながら「きっと」と答えたが、顔はまだ軽蔑していた。

彼女は、「交通量が多いことを考えると、これでベッドを変える手間が省けるのでは
ないかと思います」と付け加えてから、背を向けて広いバルコニーの方へ移動し
た。彼の黒いまぶたに浮かんだ怒りの表情が恋しくて、彼女は広いバルコニーに
移動した。

彼女は、自分がいる部屋が自分の敷地の裏に面しており、海を見渡していること
に気づきました。下の険しい崖は景色の完璧な背景でした。ディオナさんはその
美しさに畏敬の念を抱き、雑誌で写真を見たときのことを思い出して目を輝かせて
いました。ニキアスは目を閉じた彼女を見つめ、崖の近くにいることで生じる香りと
感覚に夢中になっているようだった。彼は彼女に触れたいという奇妙な欲求を感
じた。彼は手を伸ばして彼女の体に沿って手をなぞった。彼が反応したのは彼女
の体だった。

非常に個人的なものです。彼は目をそらし、自分の考えを理解して眉をひそめ
た。

ディオナは彼が期待していた女性ではなかった。彼女は知的で、面白くて、機敏
でした。アレクシスはこんな女性に興味を持つような女性ではない。彼はまた顔を
しかめ、さらに不安になった。彼は、この女性なら弟を通路から追い出すことがで
きるだろうと知っていた。彼女が海の前に堂々と立っているとき、彼は彼女に対す
る自分の反応さえ感じた。この素晴らしく、若く、しなやかな体は、彼の古代の部
分を呼び起こしていた。彼はわずかに震えながらバルコニーから移動し、彼女も

その後を追った。彼は時計を確認する前に、ビジネスライクな口調で「7時に夕食をご用意します」と言いました。ディオナは眠そうに彼を見上げた。「ドラニアスさん、よろしければ飛ばさせていただきます。」「それはあなたの選択です」と彼は答え、その口調は彼女の意図的な軽蔑を厳しく叱責した。「もし殉教者となって部屋に留まりたければ、何かを送ることができます。」

ディオナは疲れた頭を撫でながら、彼を嘲笑するような視線を向けた。彼女は怒りに目を輝かせながら「頭痛がして、寝ないと治らないんです。気にしないなら帰ってください」と言い、声が急に疲れた。ニキアスは、彼が話し始めようとしたとき、彼女がどれほど青ざめて疲れきったように見えるかを見た。軽くうなずきながら、彼は彼女のケースを放り出して立ち去った。ディオナは眠りたいと叫びながら、またため息をつきました。その夜はあまりにも疲れていたので、彼女は歯ブラシと寝間着を取り出して寝る準備をしました。彼女はシーツの下にもぐり込み、マットレスの柔らかさを感じながら喜びのため息をつき、眠りが引き継がれるにつれてリラックスした。眠りにつく前に彼女が最後に考えたのは、翌朝散らかったものを片づけようということでした。

ニキアスの思考は、自分の島にきちんと閉じ込めた女性のことを常に思い出していた。彼は彼女との接触をできるだけ少なくするつもりだった。

彼女は彼が期待していたような若い女性ではなかった。彼が罠を仕掛けたとき、彼は涙を流し、癇癪を起こすことを予想していましたが、彼女は落ち着いて、制御されており、彼のすべてのコメントに反応しました。彼女が兄と関わっていないことは明らかに嘘をついていたにもかかわらず、彼は彼女と一緒にいることが楽しいと感じた。彼女は D ブラウンで、予想通りレストランに来ていました。彼女が滞在したホテルは、アレクシスが女友達を予約したホテルと同じミス・D・ブラウンだけが住んでいた。彼は彼女の話に愕然としたが、彼女がそれが本当だと主張すると眉をひそめた。彼はため息をつき、安全のために調べてみるべきかどうか疑問に思いました。彼はその夜、残りの時間アレクシスに電話をかけようとしたが、つながらなかった。彼は、アレクシスが今頃愛がなくなったことを訴えるために連絡をくれるだろうと思っていたが、連絡が取れなかった。

彼は、アレクシスのような女性を失うことは、どんな男性にとっても壊滅的なものであることを知っていました。彼の心は彼女の美しい顔と体に戻り、すぐに反応しました。もう一度アレクシスの番号に電話をかけようとしたとき、彼は彼女のことを頭の中に押し戻しました。彼は今とても心配していました。彼は時計を見ると、もう真夜中を過ぎていることがわかりました。彼は顔をしかめながら立ち上がった。彼は、兄の居場所を教えてくれる人はただ一人しかいないことを知っていました。

ニキアスが彼女の部屋のドアを開けると、彼女が大きなベッドで眠っているのが見えました。柔らかな顔立ちを縁取る長い金色の髪で彼女が安らかに横たわっているのを見ながら、彼は彼女がどれほど疲れていたかを思い出した。寝間着は露出度が高く、乳首が見えていた。片方の手を彼女の完璧な形の胸の下に置きました。ニキアスは彼女を見下ろし、彼女の頬に触れたい、立ち上がる彼女の金色の髪に指を這わせたいという願望を抱いた。

顔。彼は一瞬まぶたを閉じ、彼女の美しい体を見て、当時の彼にとって彼女がどれほど価値があるかを知りました。

彼は手で口を覆いながら部屋から出て行った。その夜、彼が彼女を起こすのは賢明ではないでしょう。彼女の寝姿を見て、体が反応するのを感じた。彼女の美しい青い目が彼を見つめたらどうなるかは神のみぞ知るです。彼は眉をひそめながら、こんな邪悪な金鉱掘りを欲しがった自分を恥じた。

第2章

翌朝、ディオナはすっきりした気分で目覚めました。彼女の目は混乱して辺りを見回し、すべてを受け止めながら眉をひそめた。そして、あの日の記憶が彼女を襲った。彼女はシーツを投げ返し、豪華なバスルームに移動した。彼女はこれまで見たこともないほど大きなシャワーの下に座り、水が体を流れ落ちる感覚を楽しんだ。パワーシャワーが彼女を優しくマッサージし、彼女は喜びのため息をつきました。体が乾いた後、彼女は急いで服を着て、髪をきちんとお団子に結び、階段を降りた。ディオナはどこへ行けばいいのかわからず、不安そうに階段の下に立っていました。彼女は前の晩に夕食を拒否したため、家の間取りを知ることができませんでした。彼女の胃は、一週間以上何も食べていないことで不満を訴えていました。

階段を降りてくる足音が聞こえたとき、彼女はどうすればいいのかわかりませんでした。ニキアスの紛れもない姿が自分に向かってくるのを見たとき、彼女は胃がぐらつくのを感じた。彼の目は彼女がこんなに早く起きたことに驚いているように見えた。彼は彼女の隣に座りながら「おはようディオナ」と言いました。彼女は彼の姿を見て、彼の体の大きさと力強さを改めて実感した。彼は官能的に彼女に尋ねた、「よく眠れましたか？」彼が話している間、彼女の背筋が奇妙な感覚でうずきました。

彼女は彼を見つめながら眉をひそめた。彼は少なくとも頭一つ分だけ彼女よりも高くそびえ立っていた。彼の接近と、それが自分の存在に不可解に干渉することに苦しみながらも、彼女は声を維持しようと努めて、きっぱりと答えた。彼は彼女に「何か私にできることはありますか？」と丁寧に尋ねました。彼の目には奇妙な表情があった。

ディオナは彼に優しく微笑んだ。彼女は「ボートか電話がいいですね」と笑いながら言った。　「うーん、そうでもないかもしれない。代わりに朝食はどう？」彼は彼女に１を点滅させながら答えた。

彼女はその輝かしい笑顔に驚き、口から飛び出すあえぎを抑えなければならなかった。

彼女は彼に何も拒否しようとしていたが、胃が痛そうに唸り、長い間何も食べていなかったことを思い出させた。彼女はため息をつきながら「ありがとう」と言った。彼は彼女を、部屋の中央にハニーパイン材のテーブルのある広々としたキッチンに案内した。ニキアスが冷蔵庫の中を調べ始めたので、ディオナは驚きました。彼女は、少し会った家政婦がダイニングルームで朝食を提供しているだろうと予想していました。

彼は少年のように彼女に微笑みかけたので、彼女は驚いて尋ねた。彼は笑顔で「やってみます」と答えた。ディオナさんは緊張しながら彼を見ていたが、彼の指から卵とベーコンを外そうとした。それから彼女は食材をグリルの下に置き、ポーチドエッグをそっと焼きました。ニキアスは嘲笑するような表情で彼女を見つめた。彼は少し笑いながら尋ねた、「ディオナ、私を信じないの？」彼女は彼に信じられないという顔をした。彼女は「私があなたに投げられるくらいの量です」と答えました。

ディオナは再び笑いながら膝が震え始めた。彼の深い男性的なゴロゴロ音が彼を再び笑わせた。彼は皿とカトラリーを取りに別のキャビネットに行きました。ディオナが温かいコーヒーと食べ物をテーブルに置くのに間に合うようにテーブルがセットされていました。

彼女は彼の向かいに座りながら、「もしコーヒーが好きじゃないなら、それはあなたの問題だよ」と言いました。彼は彼女を見渡しながら微笑んだ。　「ありがとう、ディオナ」と彼は口の中で彼女の名前を転がしながら言った。　「ディオナ……それはギリシャ人のことですか？　軽くうなずいているあなたを私は見ています。」彼女は、「私の祖母はギリシャ人で、私は彼女にちなんで名付けられたのです」と、5年前に亡くなるまで子供の頃から数少ない親友の一人だった女性の顔をそっと見つめながら語った。

彼女は彼が自分の作った食べ物を食べるのを見ていた。彼が彼女を見ると、彼女が彼に嘲笑的な笑みを浮かべているのが見えました。"私はもう試した

彼は穏やかに尋ねました、「アレクシスに連絡したいのですが、どこで見つけられるか教えてもらえますか？」彼の目は今、より目的のある表情で彼女の目を捉えていました。

彼の顔にイライラの表情が浮かんでいるのを見て、彼女は彼に噛みつき返した。彼は冷たい口調でこう言った、「それでは、あなたはまだばかばかしい話を引きずっているのですか？」ディオナ、アレクシスは幼い子供のように、あなたなしでは愚かな間違いを犯す可能性が高いので、私に教えてもらったほうがいいでしょう。

ディオナは静かに笑い、彼を眉をひそめた。彼はイライラした顔をしていた。"あなたなしで？"彼女は優しく嘲笑した。「私のような金採掘者があなたの完璧な弟をコントロールできると思いますか？」彼女は目に思慮深い表情を浮かべて尋ねた。彼女は笑って椅子にもたれかかりました。「そうですね、結局のところ、彼らはお互いに完璧なのかもしれません」と彼女は言いました。ニキアス、君を行かせてはどうだろうか。そうすれば、兄弟に電話して、このくだらないことをすべて終わらせることができるだろう？彼が朝食を食べ終えたとき、彼女は彼が辛辣なため息をつくのを聞いた。初めて自分の名前を聞いたときの奇妙な感覚を隠そうと、彼は皿を持ち上げて食器洗い機に入れました。ニキアスも彼女の言葉に腹を立てたので、彼女のところへ移りました。彼女が彼の隣に立ってうなずいたので、彼は彼女に尋ねた。

彼は「それなら、私がこうしても気にしないよ」と言い、ディオナを驚かせるほど腕を素早く動かし、ディオナを強く引っ張りました。彼の口は彼女の口をつかむために下に動きました。ディオナさんは一瞬唖然とし、彼の体全体を感じながら彼を押し始めた。彼女の口が彼の首に動き、腕を彼の首に回して抱擁が深まるのを感じたとき、彼女はもがくのをやめた。彼の指が彼女の体の上を移動するのを感じながら、彼女は泣き叫んだ。彼女の全身は情熱で溢れていた。

彼はショックを受けて彼女の唇を引き離した。彼は静かにうめき声を上げ、再び彼女の素晴らしく柔らかい口にキスをしようとした。彼女をテーブルの上に持ち上げて、彼は彼女の半分を覆い、彼女の指が彼の髪をなぞるように、彼の唇は彼女の細い円柱形の喉を伝いました。彼女の柔らかなうめき声は彼の行為の結果でした。ニキアスはシャツのボタンを外しながら、下の女性たちと一緒にいる必要性を感じた。

彼女は夏用のシャツを着ており、そのスレンダーな体型と、彼女を包む上質なレースの生地に押し付けられている硬い乳首が露わになっていた。彼の歯が彼女を締め付け、穏やかな男性的なうめき声が喉に響き渡った。奇妙な感覚が体中に走り、彼女は大声で喘ぎ、背中を反らせた。

彼は彼女を引き戻す前に、口で彼女をコントロールし続けました。彼の目は彼女のうなじにしっかりと結ばれた金色の髪に移った。彼はピンを外した後、金色の髪が絹のような雲のように彼女の顔と背中に落ちていくのを眺めた。とても官能的でワイルドなディオナは、彼をはらわたが張り裂けるほどの熱で満たした。彼は息を止めた。再び彼女の唇を奪うと、彼は彼女を所有したいという欲求が強くなるのを感じた。彼は女性の体の柔らかさと、自分を捉えている彼女の目の中の炎で満足したいと感じた。大理石の廊下を移動していた家政婦とのタイミングを呪うニキアスの声が、彼女が息を呑んで家政婦から口を引き離したとき、ついに呪縛を解いた。彼が自分に背を向けたとき、彼女は彼の欲望が見えないように彼を突き飛ばした。ディオナさんはシャツを直すのに苦労し、ショック状態に陥った。彼女の手は震えていて、この単純な作業を完了することができませんでした。彼が彼女の方に振り向くと、彼女はまるで檻に閉じ込められた動物のような野性的な目で彼を見つめ返していた。彼女の完璧な体を縁取る彼女の長い金色の波は、彼に彼らが始めたことを続けたいと思わせました。彼女は机の後ろに移動して距離を置き、青い瞳が悔しそうな表情で彼を見つめた。彼女はか弱い声でうめき声を上げた、「そんなことはすべきではない」。

彼は振り返り、彼女に最後にひと目見た。彼はできるだけ距離を置きたいと叫び返した。彼の声は思ったより安定していた。彼は「ご希望の設備を自由に使ってください」と言い、キッチンからオフィスに移動してドアを閉めた。

ニキアスはオフィスに座り、猛烈に髪に指をなでている。彼女が嘘をついていることを認めさせようとして、彼はそれが彼女を動揺させることを望んでいた。しかし、その計画は裏目に出ました。彼は今、彼女に対する欲望が心の中で燃え上がってうめき声を上げた。彼はディオナは兄が付き合っていた他の女性とは違うと思っていた。彼女のことを頭から追い出そうと、彼はコンピュータの電源を入れ、大量のメールに目を通し始めた。

ディオナはキッチンでニキアスが部屋から出ていくのを見ていた。彼の全身は穏やかで制御されており、ディオナの弱さに打ち勝ったかのように見えました。彼はディオナに、自分がどれほど彼女を大切にしていないのか、そして彼女がいかに安物であるかを見せたかったが、彼はそれをやった。突然足がとても弱くなってしまったので、彼女は椅子に腰を下ろしました。彼女は、彼が彼女をテーブルの上に置き、そのテーブルにもたれかかっていたことを思い出しながら、痛そうに目を閉じた。彼女は、彼が彼女を支配し、彼に対して激しく反応させたことを思い出しました。彼女は彼にもっとしてもらいたいと強く感じました。彼女は髪を後ろに引こうとしたが、指がうまく動かなかった。彼女は彼がどのように自分を摘んだのかを思い出し、衝撃を感じた。彼女の頬は思い出で赤くなった。彼女は妹だけでなく自分自身も救うために島を出る必要がありました。

彼女は美しい建物の階段を上り、さまざまな部屋に入りました。彼女は電話を取るたびに顔をしかめた。彼がすでに彼女に知らせていたように、誰もが死んでいた。彼はその時階下のオフィスにいたので、彼女は捜索することができた。彼女はドアに近づくと鍵がかかっていることに気づきました。彼女は彼がまたしても彼女を出し抜いてしまったことに気づき、静かに呪った。

ディオナさんは家を探すのに30分近くを費やし、その広さに驚きました。彼女は島を見回して、彼が他の建物を見落としていないかどうかを確認することにしました。おそらく、誰かに車で送ってもらうか、携帯電話を使わせてもらうこともできるだろう。

彼女は階段を上って戻る途中で地面に倒れ、彼が部屋に入ってくるのが見えましたが、彼はそこに彼女に気づきませんでした。それから彼は別の部屋に入った。ディオナさんは自分がこんなに幸運だったとは信じられず、黙って残りの階段を駆け下り、彼が去ったばかりのオフィスに滑り込んだ。彼女のアパート全体よりも高価だった大きな木の机は、崖に面した窓の近くの一等地に置かれていた。彼女はこの家の野性と環境を改めて思い出し、この家の持ち主にいかによく似合うかという考えが頭の中をよぎりました。彼女は電話に急いで向かい、それを取りました。発信音が聞こえてとても安心しました。彼女は携帯電話で姉妹の番号にダイヤルし始めたが、3桁のセキュリティコードの入力を求められると音が止まった。彼女は電話を罵り、クレードルに戻しました。彼女の目は、妹に連絡するための別の方法を探して部屋を見渡していました。彼女は、男性が電源を入れたままにしていたのではないかと願いながら、すぐにコンピューターに向かいました。パスコードの入力を求められたとき、彼女の希望はすぐに打ち砕かれました。彼女は目を閉じてコンピューターの画面を見つめました。彼女は部屋の反対側で「あきらめて」という小さな声を聞きました。彼女はすぐに顔を上げ、開いていることにさえ気づかなかったドアのところにニキアスが立っているのを見た。同氏は携帯電話を禁止し、彼女を本土まで車で連れて行くことに同意した者には即時解雇すると警告したと付け加えた。まるで彼が彼女の心を読んだかのようだった。彼女は歯を食いしばり、怒りで手を握りしめながら部屋の向こうの男を見つめた。彼女は低い声で怒りを込めてこう言いました。「私をこの島から出させてください…私は妹をあなたの兄から救わなければなりません。」

彼はこう言い返した、「私に関する限り、兄は無事です…少なくともあなたからは」。二人は睨み合い、互いの間に張りつめた空気を感じた。ニキアスが近づくとディオナは怯えた。彼女は二人の間の空気に突撃を感じて、急いでドアに向かった。

ニキアスは自分のオフィスに立って、パニックに陥った目で彼女が逃げるのを見ていた。ニキアスは眉をひそめ、彼女の髪がまだ体にぶら下がっており、だらしない印象を与えていたため、彼女を見つける必要性をさらに強く感じました。これには彼の血が驚くほど沸騰した。彼は彼女が素晴らしく、彼女の無邪気で得がたい行為は彼が見た他のどの行為よりも優れていたと思いました。しかし、彼はまだ彼女が問題を抱えていることを知っていました。

彼は彼女がビーチへの道を歩いているのを見た。彼は笑顔で、彼女がまだ島から出る方法を探していることを知っていました。彼は思わず、彼女に追いついたときの彼女の粘り強さに感心した。ディオナは彼が自分の名前を呼ぶのを聞いたとき、でこぼこの道を全速力で進んでいた。彼女は足を止め、彼が彼女に向かって歩いてくるのをじっと見つめた。彼は目を押さえながら彼女に尋ねた。彼女は、彼女が理解できないことをギリシャ語でつぶやきながら、彼が空を見つめるほどの決心をして、反抗的に彼女を投げ返しました。彼女が彼を見つめ返しながら、彼は険しい表情で言った。彼は彼女にもっと優しく尋ねた、「ディオナに乗るの?」彼女は驚いて顔をしかめた。彼が彼女の背中に手を置きながら、彼女は困惑した声で「少し」と答えた。彼が彼女を、彼女が歩いていた道とは反対側の道に誘導したとき、瞬時に感覚が彼女の背骨を上下に伝わりました。　「せめて島を見せて、逃げ道がないことを証明させてください」

それから彼は彼女を馬小屋に通じるエリアに導きました、そこではすでに2頭の馬が鞍を置かれ、出発の準備ができていました。彼は彼女に帽子を差し出し、彼女はそれを受け取り、頭にかぶせました。それから彼は二頭の美しい馬を抱いている男に話しかけました。彼は黒いサラブレッド種牡馬にとても快適に座り、その獣を制御しました。ディオナは助けてくれたことに感謝し、栗色の牝馬のあぶみに足を置いた。

彼女は座ってあぶみを正しい長さに調整しました。

「それでは、あなたが乗ってください」と彼は同意して言いました。彼女は、このような素晴らしい動物に戻ることができて高揚感を感じながら答えました。　「ダリルは母よりも前に私と一緒に乗っていました...」ディオナは立ち止まり、突然とても悲しくなった彼女を見て驚いて彼女を見つめながら目をそらした。それから彼女は落ち着きを取り戻し、彼が彼女を見続けている間、挑戦的に顎を上げました。彼女の口調はよりコントロールされていた。「大丈夫です」と彼女は言いました。彼は微笑んで彼女をビーチに連れて行った。

二人は午前中を島で乗馬して過ごした。ニキアスは素晴らしいガイドで、興味深い点を彼女に指摘してくれました。彼女は彼との付き合いを楽しみ、彼が彼女の前でリラックスし、彼女の冗談を笑いながらちょっとしたジョークを言ったとき、彼と一緒に笑いました。彼らが海岸の一つに沿って疾走している間、彼女は息を止めた。彼は、より速く動けるように懸命に努力していたこの大きな動物を制御することができた。彼女は喜びにあふれて彼に微笑んだ。彼女が幼い頃に学んだすべてのことが一気に甦りました。彼女は、その動物が下にいる優雅な気分を楽しんでいた。そして、風が彼女の髪をなびかせ、背骨に落ち、肩のあたりで髪をなびかせながら笑った。手に小さな女の子を抱えた若い女性が、昼休みにビーチで彼らに会いました。彼らはもう少し機敏に馬から降りたニキアスに話しかけた。彼は食べ物の入ったかごを渡され、それを地面に置きながら、少女をくすぐったり、抱き上げたりしました。ディオナは、子供が彼を笑ったとき、彼のハンサムな顔が驚くほど眩しい笑顔に変わるのを見ました。それから彼は少女を立ち直らせ、手を振りながら家に戻った。それから彼は彼女が動物から降りるのを手伝いました。彼の手は彼女の腰に当てられ、彼女はびっくりした。

彼女は「あなたのお子さんは？」と尋ねました。彼は彼女に微笑みかけた。彼は目に嘲笑のような表情を浮かべて微笑んだ。「いいえ、家政婦の孫娘、娘です。休暇の数日間ここに滞在しているのです。」ディオナは彼に向き直って、「私の知る限り、私には子供がいません」と言いました。

彼女は「ついていくのは大変だよ！」と言いました。彼は笑顔で彼女を振り返り、彼女の声は少し鋭くなった。

彼は彼女を見つめてサンドイッチと飲み物を渡しながら、「ディオナ、君は私のことをほとんど考えていないみたいね」と優しい声でつぶやいたが、彼女はそれを熱心に受け取った。彼女は、それはおそらくあなたが彼女や私の妹について抱いていたよりも良い意見だろうと反論しました。彼は静かに尋ねた、「それで、私はあなたの非難を得るために何をしましたか？」彼女は信じられないという目で彼を見つめた。彼女は信じられない様子で尋ねた、「この島で私を誘拐して捕虜にしているのは、他の人のことですか？」彼は、「はい、それは別として」と答え、彼女が背を向けて波を眺めていると唇がピクピクと動き、その後彼のところに戻ってきた。

彼女の声は非難していた。「レストランでちょっとした出来事があった後、あなたに連れ去られる前に、あなたについての話を読みました」と彼女は言いました。「写真には何人もの女性が写っていたので、ニキアス君はフィールドでプレーするのを楽しんでいるのだと思いました。それでは、あなた自身がそれほど優れているわけではないのに、どうして兄に対してそこまで厳しいことができるのか不思議です。」

ニキアスは彼女が言及していた記事を思い出して眉をひそめた。取締役会は彼にインタビューをするよう提案した。彼は通常、プライバシーを優先してこれを避けました。彼は彼女の魅力を覚えていたが、彼女の名前は忘れてしまった。彼女は彼が彼女をベッドに連れて行く前に午前中ずっと彼といちゃいちゃし、忘れられない午後を一緒に過ごしました。ディオナを見ていると、彼は再び感情が湧き上がるのを感じた。記者のような他の女性たちや、正直に言えば最近の恋人たち全員が彼を冷たくしているのに、なぜこの女性はこれほどまでに混乱をきたしたのだろうか？彼が彼女を見ていると、メッセージが到着すると携帯電話が振動した。彼はジーンズから電話番号を取り出して、発信者番号を確認しました。彼の兄弟がリストに載っており、彼は眉をひそめながらメッセージを読みました。私は大丈夫。後で何かを整理するために電話します。彼はディオナに微笑んだ。彼がメッセージを読み上げると、彼女は彼を見て眉をひそめた。アレクシスが私のボーイフレンドではないことをあなたに納得させるのはなぜそんなに難しいのですか？」 これはどういう意味ですか？　彼女はイライラして尋ねました、「それで、私の妹はどうですか？」彼は十分に食べた後、微笑みながら再び起き上がりました。

彼はディオナをアレクシスから引き離す計画が成功したことに微笑み、大喜びした。彼女が集中して唇を軽く噛みながら海を見つめながら座っている間、彼女の美しい顔を見下ろしながら、彼は二人を引き離したい別の理由があるのではないかと思った。

ディオナは静かにため息をついた。彼女は、そのメッセージがまだ付き合っているように聞こえるのではないか、それとも喧嘩があったのではないかと疑問に思いました。彼女はそうなることを望んでいたが、妹のことも心配していた。

彼女はニキアスを振り返り、それから彼のポケットの中の携帯電話に目を落とした。彼女は、それを手に入れることができないという事実をすでに受け入れているような声で尋ねた。彼は彼女に微笑んだ。彼は彼女に微笑み返した。

彼はその日の残りの時間、島の周りのツアーを続けながら幸せでした。彼らは夕方5時近くになってようやく厩舎に戻った。彼女は馬から降りながら残念そうな笑みを浮かべた。「そうですね、ライディングで一番恋しいのは香りです」彼がうなずくと彼女は彼に微笑み、もう一度彼の笑顔を見せたので、彼女の胸はときめきました。彼女は背筋に手を置き、少し背伸びをした。彼女はさらに、「あれもこれも、私は10年以上馬に乗っていません」と付け加えた。

彼は笑いながら彼女を同情的に見つめた。「それだと、朝体が硬いかもしれないよ」と言いながら、彼女のストレッチを眺めながら、自分の中に空腹感が湧き上がってくるのを感じて、彼は視線をそらした。彼は、この女の髪はすぐに抜けるだろうと思った。しかし、その考えは彼が期待していたほど幸せな気分にはならなかった。彼らはそれぞれの寝室に行く前に家に戻りました。ニキアスは彼女に夕食が7時であることをもう一度思い出させた。今度は、彼女はうなずき、そこにいるだろうとつぶやいて答えました。

ディオナさんはシャワーで筋肉をリラックスさせることができました。彼らは少し痛みを感じ始めていました。彼女は、なぜ突然自分の外見にもっと力を入れる必要があると感じたのか理解できず、服を着るのが少し遅かった。彼女は、ダリルが働いていたブティックから誕生日プレゼントとしてもらった水色のシャツを着ました。彼女は自分が素晴らしく見えることを知っていました。トップスは完璧に仕立てられていて、彼女の素晴らしい体型を誇示していました。彼女が着ていた絹のような白いスカートがよく似合っていました。彼女は髪を下ろし、顔にかからないようサイドをクリップで固定しました。それから彼女はリップグロスを塗り、軽くメイクをし、口紅を塗って仕上げました。階段を下りながら時計を見ると、もう7時15分だった。彼女は準備にどれだけの時間がかかったかに驚いた。

彼女がダイニングエリアに入ると、ニキアスが暖炉にもたれかかりながら携帯電話で話しているのが見えた。彼は話を続けながら、彼女に短く微笑んだ。ディオナさんは、彼がとても流暢に話すフランス語が、彼女もよく知っている言語であることにすぐに気づきました。彼は荷物の問題について話しており、電話の向こうの男に法律を教えていた。彼の声は権威があり、切り取られていて、見事でした。

彼は水色の長袖シャツに黒のズボンを着ており、細いウエストを引き立たせていたので、自分が見栄えを良くする努力をしたと彼女は喜んでいました。彼女は彼の長くて引き締まった体を見つめないように頭を向けた。彼の肩は広く、スリムな腰に向かって先細になっていました。彼女には彼の長い背中とシャツの下に見える柱が見えた。彼はノートに書くために前かがみになっていた。彼はついに会話を中止したが、彼の顔には小さなしかめ面が見えた。彼は「ごめんなさい」と感心しながら彼女を見つめた。彼は「ビジネスです」と付け加え、申し訳なさそうな口調だった。彼女は答えました：「サプライヤーは……と聞いています。

ディオナはうなずきましたが、彼は「何をするつもりですか？」と尋ねました。「彼らを黙らせ、我々のサプライチェーンを確立せよ」と彼は厳しい表情で言った。彼女が首を横に振りながら、彼は彼女に尋ねた。彼女は彼の驚きに気づき、「いいえ、サンズ・フロンティアでボランティア活動をしたんです」と答えた。彼女がサンズ・フロンティアで働いていたと聞いて彼はショックを受けた。彼女の口は緊張し、再び肩をすくめた。

彼女は「何でも信じてください」と言い、彼の口調は和らぎました。「ごめんなさい、ちょっとしたサプライズでした、本当にごめんなさい」と謝罪した。それから家政婦が部屋に入り、香りのよい蒸し料理を並べたトレイをテーブルに置きました。彼は彼女においしいメルローのグラスを注ぎ、彼女はそれをゆっくりと飲みながら、豊かな味を楽しみました。それから彼らはマホガニー色のテーブルに座って食事を楽しみました。

ディオナはニキアスの良い仲間に再び驚いた。彼は彼女を魅了するような話し方で話しかけ、それから彼女の慈善活動について尋ねると、彼女は明らかに情熱を持ってそれについて語った。ディオナは、彼女が協力した慈善活動について尋ねる前に、ニキアスがギリシャについて彼女を魅了する方法で彼女に話してくれたことに驚きました。彼女はそのことについて彼に熱心に話しました。彼女がうなずいたので、彼は驚いて彼女に尋ねた。彼女は「よく遊びに行った」と言い、「最近はあまりチャンスがない」と残念そうに付け加えた。

彼は何よりも礼儀正しく、彼女にゲームをしようと申し出ました。彼がチェスで彼に勝つことができる人を見つけることはめったにありません。マスタープランナーであるニキアスは、この種のゲームをプレイする際に彼にとって貴重な存在でした。彼は彼女の素晴らしいプレーにうれしく驚いた。彼女の素晴らしいプレーで彼を出し抜き、しばしば形勢を逆転させるため、彼は非常に真剣に考えることを強いられた。彼女が笑顔で投了するのを見たとき、彼は試合に勝ちました。彼女はにっこりと笑い、あくびをして、「言った通り、長いですね」と言いました。

彼女は「ニキアス、試合ありがとう。でも、もしよければ今から参加しようと思う」と言い、彼は立ち上がって彼女の指を取り、キスした。彼女の指にキスをした時の彼の声はハスキーだった。　「ありがとう、とてもいいプレーをしてくれた」と彼は言った。彼は、彼女がわずかに顔を赤らめ、その目にくすぶった輝きが満ちているのを見て、彼女が部屋から急いで出ていくとき、それを一生懸命隠そうとしていました。その夜、ディオナさんはベッドで眠り、彼の顔だけを見ました。彼の唇を感じながら、彼女はそっとため息をついた。

第3章

翌朝目覚めたディオナはうめき声を上げた。前日の運動で彼女の体は硬くなっていた。彼女は小さな笑顔で自分の体調を叱責し、ニキアスが苦しんでいるのではないかと思った。しかし、彼の引き締まった体格を考えると、彼女は彼がそうはしないだろうと直感的にわかった。ディオナはこの考えに少し慌てて、カバーを脱ぎ捨ててバスルームへ行きました。

彼女は時折顔をしかめながらゆっくりと階段を降りていったが、突然ニキアスが一番下にいるのが見えた。彼は彼女を見て同情的に微笑んだ。「おはようございます」と明るく言うと、彼女は弱々しい笑みを返した。

彼はダイニングルームを歩きながら、「今朝は私の食べ物の脅威に耐える必要がないことを知ってうれしいでしょうね」と冗談めかして言いました。彼女は彼の後を追い、卵、ベーコン、ソーセージ、その他の美味しいものの素晴らしい香りを嗅ぎました。彼女は彼の向かい側に座り、シリアルとトーストを食べました。彼が皿に盛り付けると、彼女は信じられないというような笑みを浮かべた。

彼女は言い出すのを止める前に尋ねた。彼は彼女に微笑んだ。彼女が顔を赤らめながら、彼は目に嘲笑を込めて「ディオナを褒めてくれて感謝しています」と言いました。彼女は、できるだけ率直かつ丁寧にこう付け加えた、「つまり…つまり、これが自分にとって悪いことだと気づいていないのですか？」

彼は「それで、今日の予定は何ですか？」と尋ねました。美しい青い瞳が彼を見つめ返すのを見て、彼女は再び挑戦的に顎を上げた。彼女は「いつもと同じよ」「この島から出る方法を見つけて妹を探すため」と答えた。彼は優しく笑った。彼は「ディオナの忍耐にポイントをあげますよ」とつぶやき、彼女がしかめ面をすると笑顔を広げた。

私は泳げる美しいビーチを知っています。彼は、シュノーケリング用具を試して、それが彼女の凝りに効果があるかどうかを確認してはどうかと優しく提案しました。ディオナは彼に地獄に行けと言いたくなったが、その理由が分からなかった。

彼女は軽くため息をつきながらうなずき、彼のポケットにある携帯電話を取り出せるように、彼と一緒にいてほしいと自分に言い聞かせた。しかし、彼女の心の一部はこの薄っぺらな言い訳に笑いました。彼女は朝食後に最上階に移動し、体が訴えるように静かにうめき声を上げた。彼女は、妹がワンピーススーツしか持っていないことを知った後、ダリルが彼女に与えたビキニを着ました。彼女は少し眉をひそめ、もう少しセクシーになるかもしれないと思いました。荷物をまとめるとき、彼女は着ていく服よりも妹の状況を心配していました。彼女はショートパンツに夏のトップを合わせ、髪の金色の色調を引き立てていました。彼女の髪は今、頭の後ろでしっかりと束ねられてポニーテールになっていました。彼女は寝室を出る前にサングラスと夏用の帽子を手に取りました。

彼女が広い玄関に戻ると、ニキアスが彼女を待っていました。彼はまた、彼女が水泳パンツと思われるショートパンツを履いていた。細い体にTシャツが張り付いていた。彼女が階段を降りると、彼は顔を上げて微笑んだ。彼の目は濃いサングラスで隠されていました。彼が何も持っていないのを見て、彼女は彼に尋ねた。彼は再び輝いた。彼は「すべて解決しました」と言って、彼女が通れるようにドアを開けました。

彼は彼女に崖に沿った小道を案内し、その道はすぐに浜辺に続く階段になった。ディオナさんは、筋肉が底に到達すると緩むのを感じました。彼女は少し息を整えた。彼は小さな小屋を開け、シュノーケル、マスク、タオルを取り出した。彼は少し笑いながらこう言った。「階段を上り下りするよりも、これをすべてここに置いておくほうが理にかなっています。」

ディオナは同意してうなずき、すべてを水辺に移動させた。彼がTシャツを脱ぐと、彼女は小さな息をのんだ。彼の輪郭のある体を見て、瞬間的に彼女の中に衝撃が走った。彼の広い肩は、完璧に引き締まったお腹に向かって先細りになっていた。彼女は彼のへそのV字がショーツの下に消えていくのを見た。彼女の喉は突然乾いたように感じられた。

彼女は彼が美しいと思ったし、彼の背中がとてもアーチ状に曲がっていたので、彼に指をなぞったらどんな感じがするだろうかと思った。

ディオナさんは、彼が自分の中に引き起こしていた感情を理解できず、背を向けてゆっくりとショーツ、シャツ、ブラジャーを脱ぎ、自分の下に何も着ていないことに気づきました。彼女は、彼の目が彼女の上を滑って、彼女の胸、長くて平らなお腹、そして彼女のお尻を見ているのが見えました。彼の目には狂気の表情が浮かんでいた。彼は彼女にマスクを着用したことがあるかどうか尋ねた。彼の声はハスキーだった。彼女は驚いたことに、若い頃にスキューバダイビングをしたことがあると言った。彼は、彼女がマスクの蒸れを防ぐためにマスクにそっと唾を吐き、その後、きれいな水で洗うのを見守った。彼女はくすくす笑いながら深層水の中に入った。彼女は笑いながら慎重に前に進んだ。「そんなふうには絶対に入れないよ」と彼は笑いながら彼女を飛び越え、さわやかな水にきれいに飛び込みました。

彼は立ち上がって顔の髪を後ろに押しやり、その後彼女に冷水をかけた。彼女は温かい体に突然冷たさを感じて息を呑み、思わず笑ってしまった。彼女は水の中に座り、水が涼しくなるまでの間、急激な温度の変化に自分が一瞬息を呑むのを感じた。

彼女には彼がすでにマスクを着けているのが見え、彼は彼女を待っていました。彼らが泳いでいる間、彼は道を先導した。彼らは、色鮮やかな魚の群れがその下に潜るのを眺めました。ディオナは突然、自分がどれほど楽しんでいることに気づきました。彼女は、自分を閉じ込めた男と一緒に透き通った水の中で浮いている時間を無駄にしていることに気づき、小さな罪悪感を感じた。彼を一瞥すると、彼女は自分をそんな窮地に追い込んだ妹に腹が立ち、また彼が下を指差しながら再び微笑みかけるのを見て奇妙に感じた。彼女は、透き通った水の中にいるタコの影を追いかけながら、彼を追って下っていきました。

浅瀬に戻ると、ディオナさんはマスクを外した。彼女はそれを、濡れた巻き毛を抑えていたおかっぱの中に捉えた。彼女は少しイライラしながら髪を引き抜き、長い髪が背中に平らになるように髪を整えるために頭を水の中に沈めました。彼女は息をひそめながら、ニキアスの目に欲望がくすぶっているのを見ていた。目が合ったときに彼らの間を通過した電気の火花は、ほとんど目に見えるものでした。二人の顔には二人の間に突然の欲望が表れていた。彼は前に進み、彼女の腰を掴み、彼女を自分に近づけました。彼の口は再び下がり、今度は彼女の口に合わせた。彼女はうめき声を上げ、飢えたように口を合わせた。彼女は彼の首に腕を回し、彼が腰の周りを動くのを感じました。彼は彼女を引き寄せて、彼女のお腹に彼の興奮を感じられるようにした。彼はうめき声とともに彼女を足から持ち上げ、唇を彼女の唇に抱き、舌で彼女の柔らかい口を探りました。

彼は彼女をタオルの上に寝かせた。彼らの足元には水がまだ打ち寄せていた。彼の口は彼女の耳たぶを見つけて押さえました。彼女は手を平らにして愛撫しようとしながら、彼の胸に沿って手を動かし、指先の下の荒い毛を感じた。

彼が頭を上げて彼女を見下ろしたとき、再び彼らの目を通して通過した電気信号により、彼は頭を下げました。今度は彼の口がビキニトップに移動し、そこで硬くなった乳首が薄い素材に押し付けられました。彼の歯が硬いものに触れている

間、彼女はうめき声を上げ、彼女の体は彼の下で官能的に動きました。それから
彼の手は彼女の胸の下にあるクリップを見つけて、それを放しました。これにより、
彼は自分を動揺させている彼女の美しい体を見下ろすことができました。

彼は彼女をとてもエロティックに吸い、舐め、彼女は彼の下で悶えました。彼は彼
女のお腹に沿って口をなぞった。彼女がうめき声を上げると、彼の舌は輪郭をな
ぞった。彼女の全身は燃えていました。

彼のために。彼はこの女性が必要であることを知っており、彼女に対する自分の
欲望の強さを感じ、彼女の中に自分自身を感じる必要があることを知っていまし
た。

彼女からトランクを引き離すときに爆発しないようにするには、彼は気力のすべて
を費やした。彼女が息を呑んで起き上がり、両腕を足の上に引っ張って胸を覆っ
たとき、携帯電話の音が彼らの呪縛を打ち破った。彼は痛みにうめき声を上げ、
手探りでバスタオルの下にきちんと置かれていた携帯電話へと向かった。彼は震
える指で発信者番号をスキャンした。彼は兄の名前を見てすぐに答えた。彼は「一
体どこにいるの？」と言いました。そしてディオナは、今何が起こったのかまだ混乱
していて、辺りを見回した。彼女はビキニを結び直し、再び自分自身を抱きしめ、
彼の顔がさらに怒るのを見て彼女の手が震えました。彼は彼女を見ながらすぐに
ギリシャ語に切り替えた。これは彼を理解できないようにするために行われたこと、
彼女は知っていました。彼女は荒くなった息を落ち着かせようと努力を続けた。

ディオナは首を振って、じっとしていることができず、彼の視線が彼女を追いかけ
るのを見つめた。彼女はビキニの上にショーツをたくし上げ、シャツの中に押し込
み、突然もっと保護する必要があると感じた。彼女は顔をしかめながら彼女の行動
を見つめる彼の目の表情を隠すために頭を下げた。

電話が終わると、ニキアスの表情は怒りに満ちていた。彼は睨みながら言った。
「そうですね、アレクシスはまだ家に帰る準備ができていないようです」とニキアス
は言った。彼は「ディオナはどこ？」と尋ねたが、彼女が首を横に振ると、彼の声は
突然冷たくなった。彼女は彼に静かに尋ねました。「わかりません...彼は私の妹に
ついて何か言いましたか?」彼女の声は心配に満ちていた。彼が怒って彼女に向
かっていったとき、彼女は驚いた。彼は「もう十分だ！」と叫びました。彼の目は火
に向けられていた。　　　「あなたのちょっとしたゲームはとても退屈なものになってし
まった、ディオナ。」圧倒的な欲望が再び彼を満たしたので、彼は彼女の肩を掴ん
ですぐに彼女を放しました。

彼女は美しい目に恐怖の表情を浮かべながら、「私は真実を言っているのです」と叫び返した。ニキアスは不満そうにシャツを掴み、顔に被せながらつぶやいた。

ギリシャ語。崖に刻まれた階段を登り始めたとき、彼の声は遮られ、彼の怒りはまだ目に見えていた。ディオナは砂の上に戻り、彼が消えていくのを眺めた。それから彼女は涙が目にしみるようになり、両手で頭を埋めました。

彼女は何が起こったのかもう一度考えた。彼女は彼をとても欲しがっていたので、まだ心臓の鼓動を感じていました。彼女は彼が自分を演じていることを知っていた。彼女は、彼が弟を探すために自分を利用していると感じた。彼は彼女をそれ以上でもそれ以下でもなかった。しかし彼女は彼の姿が心に焼き付いているのを感じた。彼女は、彼が兄弟の関係を終わらせるためにこれをしたのだと自分に言い聞かせました。彼女は痛みに泣き叫び、立ち上がって島から逃げ出す決心をした。彼女は午後の残りの間あてもなく歩き回り、出会った数人の人々と話をするために立ち止まりました。誰も英語を話せないので、彼女は彼らに電話を持っているか尋ねる真似をしました。彼女は彼らに微笑みかけ、ボートを頼むとは思っていなかったので旅を続けました。ニキアスが島から出るのを手伝ってくれた者は全員解雇すると告げていたことを思い出し、彼女は聞くつもりはなかった。ディオナさんは他の人に職を失うようなことはしたくなかったし、ニキアスさんはただ無為な脅迫をするだけの男ではないと確信していた。

彼女は家に入ると空腹を感じた。彼女は昼食を食べていないことに気づき、何か食べるものを取りにキッチンに行こうと一瞬考えました。彼女は、ニキアスに遭遇することを考えると身震いするような感覚を無視しようとした。彼女は最終的に、再び彼に遭遇する危険を冒すよりも、自分の寝室に留まることに決めました。彼女は時計を見てため息をつき、夕食まではまだ十分に時間があることを知った。まだ午後4時だった。彼女が寝室に入ると、体全体が重く感じました。ディオナは暑さや長時間の散歩に慣れていませんでした。彼女は疲れを感じ、ベッドに落ちるとすぐに深い眠りに落ちてしまいました。彼女の体は冷たいクリーム色のシーツの上に覆われ、髪は後光のように垂れ下がっていました。

ニキアスは座って、彼の世界を大きく混乱させた女性について考えました。彼は目を閉じても、女性の美しい体を見ることができました。これは彼が長い間感じていなかった願望だった。彼は、富、美貌、そしてカリスマ性のある性格のため、女性にとって大きな魅力でした。彼は、自分に群がる女性たちと短期間で飽きてしまった。彼は彼女の言うとおりにフィールドでプレーしたが、一度一緒に寝ると興味を失った。彼は、ほとんどの女性が浅はかで中身が欠けていることに気づき、すぐに彼女たちを使い捨てのものとして見始めました。この小さな魔女は、兄が結婚することを決めた金採掘者の女性で、彼に影響を与えていた。ニキアスはディオナを嘲笑した。はい、彼女は最悪のタイプの女性でしたが、面白くて、賢くて、驚きに満ちていました。彼女はほとんどの女性のように彼を追いかけませんでした。実際、彼女は明らかに彼の欲望に応えましたが、彼に対する魅力と戦っているように見えました。これにより、彼はさらに彼女を欲しがるようになりました。兄からの電話は彼を怒らせただけでなく、罪悪感も感じさせた。アレクシスさんは電話で、帰宅する前に解決しなければならない問題があると語った。ニキアスにはアレクシスの苦痛の声が聞こえた。彼は、恋に落ちそうになった女性を見つけたいと思っていた。彼女の顔が今でも彼の頭の中に残っていた。彼は生まれて初めて決意を持って立ち上がり、兄弟の必要よりも自分の必要を優先することに決めました。彼は上の階の女性と一緒にいたいと思っていたので、アレクシスがどう思おうと彼女を手に入れる決意をしていました。

彼は階段を登りながら彼女のドアをそっと叩きました。彼はそこに引っ越してきて、彼女がベッドで寝ているのを見ました。無邪気に寝ている彼女を見て、彼はうめき声をこらえながら、彼女がいかに子供っぽいかを思った。彼女が何であるかを知っていながらも、それでも彼女に自分の存在全体を侵略してもらいたいと彼は眉をひそめた。彼は小さなため息をつきながら部屋を出た。彼は、ディオナ・ブラウンにどのようにアプローチするかを慎重に検討する必要がありました。

数時間の平穏な至福のあと、ディオナさんはすっきりした気分で目覚めました。彼女は時計の時間を見て息を呑んだ。

彼女は胃が痛むのを感じ、もう6時30分が近づいていることに気づきました。彼女はシャワーで服を着る前に髪を洗いました。彼女は手を緩め、髪を一つにまとめた。これにより、彼女の顔の特徴が柔らかくなりました。彼女は自分の気持ちを完全には理解していなかったので、赤いシャツと黒いズボンを着たまま髪を垂らし、鏡の中の自分を眺めました。

ディオナさんはこれまで自分の外見を気にしたことはありませんでした。彼女はそれをゴージャスでそれを知っている妹に任せました。ディオナは妹と同じくらい美しいにもかかわらず、背景に溶け込むことを好みました。彼女は男性に自分のことをもっと知ろうとするよう決して勧めなかったし、多くの人はすぐに諦めた。しかし、ニキアスは普段の防御を完全に突破していた。彼女は混乱し、さらには自分の反応に少し動揺しました。

彼女は階下に降りるのが少し遅れて、ダイニングルームに入ると食べ物もニキアスも見つからず顔をしかめた。彼女は辺りを見回し、キッチンに入ろうとしたとき、彼に出会った。彼は彼女を安定させるために彼女の腰を捕まえた。彼の手の感触によって彼女の感覚は再び混乱し、彼女はすぐに彼から離れた。彼は「素敵な夜ですね。ベランダで食事ができると思いました」と少しハスキーな声で言いました。彼女は目を輝かせ、顔を紅潮させて彼のほうを向いた。ディオナは、目にくすぶった表情を隠すために頭を下げた。彼女はうなずいて頭を下げた。彼女は小さなラグドールに「ありがとう」と言い、キャンドルとフェアリーライトで照らされたベランダに連れて行きました。ディオナは、彼女の周りにロマンチックな装飾が施されているのを見て、疑いの目で彼を見つめました。優しい音楽が流れていました。彼が大きなワイングラスを彼女に手渡すと、彼女は用心深く座った。

彼は「よく眠れましたか？」と尋ねました。彼女の目が彼のほうに飛んだとき。彼女は彼に「あなたが眠っていることがどうしてわかったのですか？」と厳しく尋ねました。彼は表情を変えずに彼女を見つめた。ディオナは驚いて深呼吸した。彼女は言った、「ドラニアスさん、気が向いたときにいつでも私の部屋に来ていただければ幸いです。

「初めて会った日に、あなたは私が文明人であると言いました。だからそのように行動してください。」

「それは心に留めておきます、ミス・ブラウン」 彼は彼女のとげとげとした表情を見て優しく笑った。 「それは覚えておきます、ブラウンさん。」彼は彼女のとげのある顔を見てそっと笑った。「島内を歩き回るのは疲れる」といい、「慣れていないと暑さを感じるかもしれない」とも語った。

ニキアスは、自分が食べ物を持っているかどうかを確認しなかったことに少し罪悪感を感じました。ディオナは小さなダイニングテーブルの中央にあるムサカに頬張りながら、彼の配慮に少し当惑しながら肩をすくめた。

彼は自由に話し、朝の出来事や兄からの電話については決して触れませんでした。ディオナはまだ彼の存在を近くに感じていたため、リラックスすることができませんでした。彼らが食事を終えると彼女は立ち去った。彼女は「何か本を読んで、早めに就寝します」と言い、初めて訪れたときに見た図書館に行くつもりだと付け加えた。

彼は彼女を止めた。彼は、「ちょっと話したいことがあるのですが」と優しく言い、彼女の手を持ち上げ、それを手に取りました。ディオナの全身が飛び上がった。彼女は「何？」と尋ねました。彼女は慎重な態度で「あなたの兄弟がどこにいるのか知りません」と付け加えた。彼は彼女を見つめながら首を振り、その顔には思慮深い表情が浮かんでいた。彼は「そうではありません…私の弟が関係していますが」と言いました。

彼は彼女の手を握りながら家の前庭を歩いた。彼が小さな遮蔽された座席に座ると、月明かりが彼らを照らした。彼女は彼が隣に座るのを眺めながら、彼が話すのを待った。彼は彼女をじっと見つめながら尋ねた：「なぜディオナと一緒にいるの？「共通点は何もない…あなたは彼の典型的なタイプではない」

ディオナはイライラした表情で彼を見つめ返した。　「何度も言いましたが、あなたのお兄さんと一緒ではないんです」とせっかちな女性は答えました。ニキアスは彼女を厳しい目で見つめ、そしてため息をつきながら目をそらした。彼は彼女のコメントを無視した。あなたが私の兄を素晴らしい獲物だと思っていることは承知しています。「彼は金持ちで、若くて、とても魅力的な人に違いない」

彼は彼女に腕を上げ、彼女が抗議して口を開いているのを見た。　「でも、初めて彼に会った日に言ったように、彼はお金を持っていないんです。すべて私が所有しています。「お金はすべて私が管理しています。」彼は少し間を置いて彼女の目を見つめました。彼は言いました。彼女をじっと見つめながら、「兄弟を変えたほうがいいような気がします。」とディオナは目を丸くして尋ねた。彼は微笑みました。

ディオナは拳を脇に抱えて飛び起き、自分の中に生じた怒りで全身を震わせた。彼女は軽蔑するような口調で「あなたの愛人にはなりたくない」と叫びました。あなたはどんな男ですか？」自分の弟にこんなことをするのですか？

彼は彼女の上にそびえ立っていた。彼は、「ディオナ、ゲームはやめましょう。あなたの時間を経済的に価値あるものにしてあげます」と言い、彼女は再び息を呑んだ。彼女は叫びました、「それではあなたは今、私を売春婦として見ているのですか？」彼女が彼から離れたとき。彼女のショックは彼女の美しい顔に明らかでした。

ニキアスは、物事が自分の計画通りに進んでいないことを知って、彼女に眉をひそめた。ディオナ、私が弟を愛しているなんて言えないよ。「あなたは彼と相容れません。つまり、あなたは彼のお金を狙っているのだと思います。」彼のお金は存在しないと言っていますが、公正な取引ができるよう最善を尽くします。彼女は彼がどのように彼女に近づいていくかを見て、「ニキアス、遠くにいてください」と彼に叫びました。彼はまた顔をしかめながら続けた、「値段をディオナに言ってください。あなたを私のベッドに寝かせるために払います」誇らしげに顎を上げ、ディオナは男を振り返った。彼女は震えながら言った、「私は売り物ではない、ニキアス」。彼女の目には涙が浮かんでいました。

ニキアスは完全に静止したまま、消えていく彼女の姿を困惑しながら見つめた。彼女の目には本当に泣いていたのだろうか、それとも彼の申し出など考えもしなかったのだろうか？彼は自分の体が彼女を求めているのを感じた。そうさせた彼女を呪いながら、彼は小さな怒りの息を吐きながら家の中で彼女を追った。

彼女が部屋に逃げ込んだことを知りながら、彼は彼女を追うことができなかった。

終わり